Ti a dy Rygbi..!

Sioned Lleinau

Lluniau Helen Flook

Gomer

Cyhoeddwyd gyntaf yn 2015 gan
Wasg Gomer, Llandysul, Ceredigion, SA44 4JL.
www.gomer.co.uk

ISBN 978 1 84851 906 0

Cyhoeddwyd gyda chefnogaeth Llywodraeth Cymru.

Argraffwyd a rhwymwyd yng Nghymru gan
Wasg Gomer, Llandysul, Ceredigion.

Pennod 1

Hedfanodd pêl rygbi newydd Rhys i fyny'n uchel i'r awyr cyn adlamu oddi ar bot blodyn, tasgu oddi ar ddrws y sied a saethu'n syth drwy'r ffenest.

'O na! Ddim eto!' meddai, wrth weld darnau
o wydr yn tasgu i bob cyfeiriad.

'O na! Ddim eto!' sgrechiodd Mam o ffenest y gegin. Doedd hyn ddim yn ddechrau da i'r gwyliau, meddyliodd, wrth edrych lawr ar Rhys. Roedd yn trio gwneud ei orau i edrych mor ddiniwed â phosib o flaen y llwyn rhosys yn yr ardd gefn.

'Rhys! Paid â meddwl y byddi di'n cael mynd i unman gyda dy ffrindiau am y mis nesaf! Ac elli di anghofio'r iPad am sbel hefyd!' meddai Mam, gan ysgwyd ei phen yn siomedig.

'Ti a dy rygbi! Mae'n hen bryd i ti ddysgu chwarae'n iawn!' Roedd Mam yn amlwg mewn hwyliau drwg.

'Ond, Mam!' triodd Rhys eto.

'Beth wyt ti wedi torri nawr 'to?!'

Dechreuodd Rhys wrido wrth gofio am rai o'r damweiniau eraill roedd wedi eu cael â'i bêl rygbi yn y gorffennol.

Dyna ddrws car Mam-gu . . .

a Fflach y ci, druan . . .

heb sôn am do tŷ gwydr ei dad a'r planhigion
tomatos y tu mewn!

'Y bêl!' mentrodd Rhys. 'Mae'r bêl wedi . . .'

Ond doedd Mam dal ddim yn gwrando arno.

Pennod 2

Bant â ni!

Roedd Rhys Llywelyn Jones wrth ei fodd yn
chwarae rygbi. Byddai allan yn cicio'i bêl o
gwmpas yr ardd gefn ryw ben bob dydd ac yn
mynd â hi gydag e i bob man. Ac nid unrhyw
hen bêl rygbi oedd y bêl oedd ganddo. Roedd
hon yn bêl arbennig.

Roedd ei dad wedi llwyddo i gael rhai o chwaraewyr tîm Cymru i'w llofnodi hi'n anrheg arbennig i Rhys.

Byddai'n mynd â hi yn ei fag i'r ysgol, ar ei feic i'r siop ac i'r parc, a hyd yn oed yn ei rhoi yn ei gês wrth fynd ar ei wyliau.

Roedd ganddo fan arbennig i'w chadw hi yn
ei stafell wely yn y nos hefyd, a byddai'r bêl o dan
ei fraich wrth ddod i lawr i frecwast bob dydd.

Gan nad oedd ganddo frawd na chwaer fach, byddai hyd yn oed yn siarad yn dawel bach â'i bêl rygbi weithiau.

Roedd Rhys yn ysu am gael ei ddewis i dîm rygbi'r ysgol. Roedd cystadleuaeth rygbi bwysig ar y gorwel, a'r wobr oedd cael mynd am wythnos i wersyll yr Urdd yng Nghaerdydd.

Ac roedd hynny'n golygu ond un peth . . .

ymweliad â Stadiwm y Mileniwm, y stadiwm rygbi gorau yn y byd i gyd! Wel, dyna roedd Dad-cu'n ei ddweud. Roedd hwnnw wedi bod yn gwylio tîm Cymru'n chwarae rygbi yno sawl gwaith. Ond doedd Rhys ddim wedi bod yno erioed.

Roedd e wedi gweld y lle ar y teledu wrth
gwrs, ac wedi cerdded heibio iddo unwaith neu
ddwy wrth ymweld â'r brifddinas, ond doedd e
ddim wedi bod i mewn yn y stadiwm.

Byddai wrth ei fodd yn cael gweld tîm Cymru'n rhedeg allan ar y cae, yn canu'r anthem ac yn clywed y dorf yn gweiddi. Ond am y tro, byddai cael ymweld â Stadiwm y Mileniwm yn ddigon.

Dyna pam roedd yn rhaid iddo ymarfer,
a dyna pam roedd e allan yn yr ardd gefn
y bore hwnnw. Ac roedd pethau'n
mynd yn eithaf da . . .

nes iddo gicio'r bêl ychydig bach yn rhy galed.
A nawr roedd y bêl wedi hedfan dros glawdd
yr ardd a thorri ffenest y tŷ drws nesaf. A dyna'r
broblem.

Dyna beth roedd Rhys yn trio egluro wrth ei fam, petai hi ond yn gwrando. Achos doedd neb byth yn mynd yn agos at y tŷ drws nesaf.

Doedd neb yn siŵr a oedd rhywun yn byw
yno. Roedd rhywbeth rhyfedd am y lle –
rhywbeth rhyfedd iawn.

Pennod 3

Dim troi 'nôl

'Bydd rhaid i ti fynd, Rhys! Elli di ddim dod 'nôl heb dy bêl!'

Roedd geiriau cadarn Mam yn chwyrnu yng nghlustiau Rhys wrth iddo gerdded yn araf at ddrws ffrynt y tŷ drws nesaf. Roedd golwg drist ar y lle – yn chwyn a llwch i gyd.

Doedd hyd yn oed y twll anferth yn y ffenest ddim yn edrych allan o le, a dweud y gwir.

Ddylai casglu'r bêl ddim bod yn ormod o broblem, meddyliodd Rhys wrtho'i hunan, yn enwedig os nad oedd neb yn byw yno. Byddai i mewn ac allan mewn chwinciad chwannen, achos doedd ganddo ddim amser i'w golli. Roedd mwy o ymarfer i'w wneud.

Tynnodd Rhys anadl ddofn wrth roi ei fys ar gloch y drws. Doedd e ddim yn disgwyl ateb. Wedi'r cwbwl, pwy fyddai eisiau byw yn y fath le?

Gallai glywed sŵn y gloch yn canu y tu mewn fel petai mewn rhyw ogof fawr wag.

Yna, dim smic. Gwasgodd eto. Yn sydyn, clywodd sŵn. Sŵn gwahanol. Sŵn a wnaeth i lygaid Rhys ffrwydro ar agor a phob blewyn ar ei gorff dasgu i bob cyfeiriad. Sŵn llais.

Dyna fe eto.

Anadlodd Rhys yn ddwfn cyn rhoi gwthiad ysgafn i'r drws. Pwy yn y byd sydd yma, meddyliodd. Dechreuodd gripian yn ei flaen yn araf.

'Wel, dere glou, wir – paid â whilibowan, fachgen!'

Pennod 4

Tipyn o dalent

'Talfryn Howells – neu Tali Ho, fel fydd rhai yn
fy ngalw i,' meddai'r dyn bach rhyfedd. Roedd
yn gwisgo crys rygbi Cymru ac yn eistedd ar
gadair esmwyth yn stafell ffrynt y tŷ gan estyn ei
law i Rhys. 'Croeso i ti, fachgen. Rhys ife?'

Edrychodd Rhys yn syn arno. Yn gyntaf, roedd e'n methu credu fod rhywun yn byw yn yr hen dŷ diflas yma, ac yn ail, roedd e'n methu deall sut oedd e'n gwybod ei enw.

'Dere 'mlan, achan – paid â bod yn swil.'
Mentrodd Rhys gam neu ddau'n nes ac eistedd
ar yr hen sedd ledr goch y drws nesaf i Tali Ho.
'Dw i wedi bod yn dy wylio di'n cicio dy bêl
rygbi allan yn yr ardd.'

'O ie, y bêl . . .' dechreuodd Rhys. Roedd
wedi addo i'w fam y byddai'n ymddiheuro am
dorri'r ffenest gyntaf cyn gofyn am ei bêl yn ôl.
Ond roedd e wedi anghofio'r cwbwl am hynny
erbyn hyn.

'Mae gen ti dalent, Rhys . . .'

'Talent?' wfftiodd Rhys, yn methu credu'r hyn roedd e newydd ei glywed. Dyma'r tro cyntaf erioed i unrhyw un ddweud fod ganddo fe, Rhys Llywelyn Jones, unrhyw dalent am chwarae rygbi.

Chwerthin am ei ben fyddai ei ffrindiau fel arfer, wrth iddo gicio'r bêl rygbi i bob cyfeiriad, heblaw'r cyfeiriad iawn, wrth gwrs!

Dyna pam mai
Menna Mathias oedd
wastad yn cael ei dewis
i chwarae yn safle'r maswr
i dîm rygbi'r ysgol. Roedd
hi wastad yn anelu'n fwy
cywir na Rhys.

'Roeddwn i'n arfer chwarae hefyd . . . slawer dydd,' aeth y dyn yn ei flaen. Edrychodd Rhys o gwmpas y stafell. Roedd y lle'n llawn hen gwpanau a thlysau o bob math a baneri gwahanol wledydd yn hongian yn llipa a llychlyd dros bob man.

Rhifodd Rhys o leiaf saith crys rygbi wedi
eu fframio ar y waliau yn gymysg â hen
ffotograffau a lluniau o bapurau newydd.

'Bues i'n chwarae dros Gymru unwaith neu ddwy. Fi, Talfryn Howells. Dyna pryd ges i'r enw Tali Ho. Roeddwn i wastad yng nghanol pob sgarmes a sgrym,' meddai'r dyn, gan ddechrau chwerthin yn braf.

'Talfryn Howells?' Doedd Rhys ddim wedi
clywed yr enw erioed o'r blaen. Byddai'n rhaid
iddo holi Dad-cu. Roedd hwnnw'n dwlu
cymaint â Rhys ar rygbi, ac yn gwybod popeth
dan haul am y pwnc.

'Nawr aros di, mae gen i rywbeth i ti . . .'

Pennod 5

Sgidiau lwcus

Rhedodd Rhys i mewn i'r gegin a'i wynt yn ei ddwrn. 'Edrych beth ges i gan Tali Ho!' meddai, gan roi ei bêl rygbi arbennig a phâr o hen sgidiau rygbi lledr yn glep ar y bwrdd.

'Tali pwy?' wfftiodd Mam, yn dal mewn
hwyliau drwg. 'Dw i erioed wedi clywed amdano.
Wyt ti'n siŵr nad wyt ti wedi bod yn breuddwydio?
Nawr, symud y sgidiau o'r bwrdd 'na. Ych a fi!'

'Ond dydyn nhw ddim yn ych a fi o gwbwl,
Mam,' meddai Rhys yn frwd. 'Sgidiau Tali Ho
yw'r rhain – y sgidiau roedd e'n eu gwisgo pan
oedd e'n chwarae rygbi yn fachgen ifanc fel fi.
Edrychwch – roedd e'n chwarae i Gymru.'

Ac aeth Rhys ati
i adrodd yr hanes i
gyd wrth ei fam
am yr hen ddyn
bach rhyfedd yn ei
grys rygbi oedd yn
byw drws nesaf.

'Mae pawb wedi anghofio
am Tali Ho wedi iddo gael
ei adael allan o'r tîm am fethu
cic mewn gêm bwysig . . .
ac mae e wedi bod yn fy ngwylio
i'n ymarfer cicio allan yn yr
ardd gefn.

'A dyna pam y mae e wedi rhoi'r rhain i fi,' eglurodd Rhys, gan chwifio'r hen sgidiau rygbi'n frwd o flaen trwyn ei fam, oedd yn dal i amau ei stori am y dyn bach rhyfedd drws nesaf.

Roedd ei lygaid yn dawnsio wrth edrych ar y sgidiau du sgleiniog â'u streipiau gwyn a'u lasys coch trwchus yn llifo'n hir allan o'r tyllau.

'Mae'r rhain yn sgidiau lwcus, Mam! Fe fydda
i'n gallu cicio'n well na neb yn rhain!' meddai
Rhys gan gydio yn ei bêl a'i sgidiau a rhedeg
allan drwy'r drws gydag un 'Glep!' fawr.

Pennod 6

Cyfrinach y cicio

Aeth Rhys ati i ymarfer yn fwy nag erioed
wedi hynny. Byddai'n codi gyda'r wawr
bob dydd ac yn mynd allan i gicio'i
bêl arbennig gyda'i sgidiau
rygbi arbennig.

Byddai'n dal wrthi wrth iddi ddechrau nosi.
Yr unig bethau fyddai'n torri ar draws ei ymarfer
fyddai gwaith cartref ych-a-fi neu gacen siocled
a phlatiaid o sglodion ac wy i swper.

Gyda help ei ffrind newydd, Tali Ho,
roedd e'n benderfynol o gael ei ddewis
i dîm rygbi'r ysgol a chael mynd
i Gaerdydd.

Roedd hwnnw yn y ffenest yn gwylio bob dydd – drwy'r twll wnaeth y bêl, wrth gwrs! Byddai'n cnocio bob hyn a hyn, ac yn gwneud ambell arwydd â'i ddwylo i ddweud wrth Rhys sut i wella ei gicio.

'Ychydig i'r chwith . . .'

'Mwy o dân o dan y bêl . . .'

'Plygu'r pengliniau . . .'

Roedd gan Tali Ho a Rhys arwyddion bach ar
gyfer popeth. Ond dim ond Rhys fyddai'n ei weld.
Byddai'n diflannu o'r ffenest ar unwaith petai Dad
neu Mam yn digwydd dod allan i wylio'r ymarfer.
Dyna pam roedd pawb yn dal i amau ei stori.

'Hy! Tali Ho drws nesaf, wir! Wyt ti'n siŵr nad
ysbryd yw e?'

'Ysbryd, wir,' wfftiodd Rhys. Ond roedd un
peth yn siŵr, roedd ei gicio yn bendant wedi
gwella. Roedd Fflach y ci a'r llwyni
rhododendrons wedi cael llonydd ganddo ers tro,
a tho'r tŷ gwydr wedi bod yn gyfan ers misoedd
bellach. Roedd Rhys ar ben ei ddigon.

Pennod 7

Hip hip hwrê!

'Tynnu fy nghoes i wyt ti,' meddai Mam wrth i Rhys ddangos y llythyr o'r ysgol yn dweud ei fod wedi ei ddewis fel maswr i'r tîm rygbi.

Gollyngodd Mam ei gafael yn ei chwpan te mewn sioc.

Tro Rhys oedd ysgwyd ei ben nawr.

'Tali Ho amdani, 'te!' meddai gyda winc!